Para mi espectacular agente, Anne Clark

L. R.

Para Olive Molly Mantle

B. M.

Puedes consultar nuestro catálogo en
www.picarona.net

EL PEQUEÑO DRÁCULA
Texto: *Lucy Rowland*
Ilustraciones: *Ben Mantle*

1.ª edición: noviembre de 2019

Título original: *Dracula Spectacular*

Traducción: *David Aliaga*
Maquetación: *Montse Martín*
Corrección: *Sara Moreno*

Edita: Picarona, sello infantil de Ediciones Obelisco, S. L.
Collita, 23-25. Pol. Ind. Molí de la Bastida
08191 Rubí - Barcelona - España
Tel. 93 309 85 25 - Fax 93 309 85 23
E-mail: picarona@picarona.net

ISBN: 978-84-9145-301-7
Depósito Legal: B-16.705-2019

Printed in China

Texto:
Lucy Rowland
Ilustraciones:
Ben Mantle
EL PEQUEÑO
DRÁCULA
Picarona

Los Drácula vivían en una casa con jardín.
El edificio crujía, era oscuro y estaba lleno de verdín.
Los techos eran de color medianoche; el suelo, carbón;
las cortinas, negras como cuervos, y las puertas, como el tizón.
Cada día, el señor Drácula le decía a su esposa:
—¡Qué lúgubre! ¡Qué tenebrosa! ¡Qué vida tan maravillosa!

Aquel mismo año, un feliz acontecimiento fue anunciado.
¡Es niño! Un nuevo Drácula al mundo había llegado.

En cuanto se acercaban a la cuna,
el bebé empezaba a sonreír
y a gorjear todo a una.

Los papás se preocuparon:
—¿Seguro que es hijo nuestro? Sonríe demasiado.
Y no nos ha intentado morder.
No parece muy maligno. ¿Qué podemos hacer?

Intentaron enseñarle
a embestir y a saltar...

...a asustar a sus peluches,
a acechar y a intimidar.

Pero el pequeño Drácula
no hacía más que sonreír y agradecer
e invitar a sus ositos
a tomar el té.

¿Qué aspecto tenía el muchacho? No vestía de negro.
Nada de botas con telarañas o capas de terciopelo.
El chico iba creciendo y su padre le aconsejaba:
—Muévete siempre entre sombras, que la luz para ti es mala.

Cuando el pequeño Drácula por las calles volaba,
los otros niños se asustaban:
–¡No nos muerdas! –le imploraban.

Saltaban de sus camas. Temblaban y balbuceaban...

...y finalmente se quedaban asombrados...

...¡cuando lo veían curiosear en sus armarios!

—¡Son chulísimas! —dijo
el pequeño Drácula con un suspiro.

Pidió prestadas brillantes
camisetas y zapatillas
que estaban cubiertas
de purpurina.

La ropa nueva le trajo amigos nuevos. Y estaba encantado.
Pero ¿y los papás Drácula? ¡A ellos no les gustó demasiado!
Le dijeron:
—Hijo, esto se tiene que acabar.
¡Vuelve a la aldea y ponte a asustar!

Así que, vestido de negro y bien fruncido el ceño,
el pequeño Drácula volvió volando al pueblo.

Escogió una pequeña ventana y, un poco asustado, entró.
Entonces escuchó a alguien sollozando bajo el colchón.

—¿Quién eres? -preguntó una niña, frotándose la nariz-.
Esta es mi habitación. ¿Ves el cartel? Ahí pone «Beatriz».
—Soy el pequeño Drácula. Te pido disculpas -lamentó-.
No quería asustarte. Ha sido una equivocación.

Beatriz refunfuñó:
—No me dan miedo los niños de mi edad,
sólo me asustan los que aparecen en la oscuridad.

—Pero la oscuridad —sonrió el pequeño Drácula— ¡es tan bonita!

Observaba las luces a través de una ventanita.

—Vayamos a explorarla. La oscuridad puede ser tu amiga. Pero antes de salir, ¿podrías prestarme esa camisa?

Aquella noche lo pasaron en grande. Saltaron y caminaron, bailaron y charlaron, y por el cielo volaron.

Vieron las luciérnagas en la noche brillar
y en el cielo las estrellas suavemente titilar.

—Estoy cansada –bostezó Beatriz–, ¡pero me lo he pasado genial!
¿Quién me iba a decir que la luna más que el sol podía brillar?

—¿El sol? –susurró el pequeño Drácula decaído–. Yo nunca podré ver los colores bajo su brillo.

—¿Y mañana no podrías venir? –le preguntó Beatriz.

El pequeño Drácula negó, con gran tristeza en su corazón.

Pensó en su padre y en su advertencia.
Entonces voló de vuelta a casa, antes de que amaneciera.

El pequeño se quedó en casa varias noches, triste y silencioso.
—¿Qué le pasa a nuestro hijo? –se preguntó el papá Drácula pesaroso.

La mamá Drácula preguntó:
—¿Cómo podríamos ayudarlo?
Me duele tanto verlo así de apenado.

Un día, el pequeño tuvo que salir y sus papás buscaron una explicación.
—¡Ya sé que podemos hacer! –el papá Drácula exclamó.

Cuando el pequeño Drácula regresó
y al jardín descendió,
sus padres le dijeron:
—¡Ven, hijo!
¡Seguro que te sorprendemos!

Habían pintado las paredes de su habitación de colores brillantes, con un gran sol amarillo, verdes árboles y una cometa bien grande.

Los papás observaban el suelo con motivos florales
cuando sonó el timbre y los hizo sobresaltarse.

Beatriz entró en casa de los Drácula rodeada de niebla.
A su nuevo amigo le traía una sorpresa.
Una capa arcoíris, con colores bien brillantes.
—¿A qué quieres que juguemos esta tarde?

Sus padres observaron a su Drácula levitar.
—Hijo –sonrió su madre–, ¡estás espectacular!
—Ahora, ve y diviértete –el papá Drácula le ordenó.
¿Y el pequeño Drácula? Resplandecía como el sol.